그러나 꽃보다도 적게 산 나여

그러나 꽃보다도 적게 산 나여

나희덕, 젊은 날의 시

수오서재

시인의 말

　슬픔이 많은 사람이 반드시 슬픈 사람이 되는 것은 아니다. 크고 작은 슬픔이 나를 통과해갔지만, 오직 시들만이 시간이 벗어놓은 허물처럼 여기저기 흩어져 있다. 슬픔에 기대어 시를 쓰게 되었고 타자의 슬픔 곁에 머물 수 있었으니, 슬픔이라는 식솔에게 감사할 따름이다.

　숨가쁘게 밀려들던 고통의 나날, "그러나 꽃보다도 적게 산 나여!"라고 탄식하던 때를 떠올린다. 무작정 피어 있던 그 시간을 향해, 그 어리숙했던 나를 향해 가만히 손을 건넨다. 꽃인 줄도 모르고 잎인 줄도 모르고 피어 있던 시간이 내게도 있었다니…… "마악 깨어난 눈빛으로 세상을 바라보던 때가" "한 대야의 물 속에 푸른 영혼을 처음 담그던 때가"(「108그램」) 내게도 있었다니…….

　시선집을 꾸리기 위해 오래전에 쓴 시들을 다시 읽으며, 내가 시인으로 걸어오는 동안 땅에 떨어뜨린 것이 무엇인지 돌아보곤 했다. 젊은 날에는 피어 있는 것 자체가 목적이었다면, 이제는 잘 시드는 것이 삶의 목적이 되어간다. 그럼에도 불구하고 시 속의 나는 여전히 파릇하다. 모쪼록 독자들께도 이 연두의 시절이 지닌 생기와 온기가 오롯하게 전해지기를 바란다.

2024년 7월
나희덕

5

차례

1

2

3

4

1

서시序詩

단 한 사람의 가슴도
제대로 지피지 못했으면서
무성한 연기만 내고 있는
내 마음의 군불이여
꺼지려면 아직 멀었느냐

푸른 밤

너에게로 가지 않으려고 미친 듯 걸었던
그 무수한 길도
실은 네게로 향한 것이었다

까마득한 밤길을 혼자 걸어갈 때에도
내 응시에 날아간 별은
네 머리 위에서 반짝였을 것이고
내 한숨과 입김에 꽃들은
네게로 몸을 기울여 흔들렸을 것이다

사랑에서 치욕으로,
다시 치욕에서 사랑으로,
하루에도 몇 번씩 네게로 드리웠던 두레박

그러나 매양 퍼올린 것은
수만 갈래의 길이었을 따름이다
은하수의 한 별이 또 하나의 별을 찾아가는
그 수만의 길을 나는 걷고 있는 것이다

나의 생애는

모든 지름길을 돌아서

네게로 난 단 하나의 에움길이었다

뿌리에게

깊은 곳에서 네가 나의 뿌리였을 때
나는 막 갈구어진 연한 흙이어서
너를 잘 기억할 수 있다
네 숨결 처음 대이던 그 자리에 더운 김이 오르고
밝은 피 뽑아 네게 흘려보내며 즐거움에 떨던
아 나의 사랑을

먼우물° 앞에서도 목마르던 나의 뿌리여
나를 뚫고 오르렴,
눈부셔 잘 부스러지는 살이니
내 밝은 피에 즐겁게 발 적시며 뻗어가려무나

척추를 휘어접고 더 넓게 뻗으면
그때마다 나는 착한 그릇이 되어 너를 감싸고,
불꽃 같은 바람이 가슴을 두드려 세워도
네 뻗어가는 끝을 하냥 축복하는 나는
어리석고도 은밀한 기쁨을 가졌어라

네가 타고 내려올수록

단단해지는 나의 살을 보아라

이제 거무스레 늙었으니

슬픔만 한두름 꿰어 있는 껍데기의

마지막 잔을 마셔다오

깊은 곳에서 네가 나의 뿌리였을 때

내 가슴에 끓어오르던 벌레들,

그러나 지금은 하나의 빈 그릇,

너의 푸른 줄기 솟아 햇살에 반짝이면

나는 어느 산비탈 연한 흙으로 일구어지고 있을 테니

° 먹을 수 있는 우물물.

땅끝

산너머 고운 노을을 보려고
그네를 힘차게 차고 올라 발을 굴렀지
노을은 끝내 어둠에게 잡아먹혔지
나를 태우고 날아가던 그넷줄이
오랫동안 삐걱삐걱 떨고 있었어

어릴 때는 나비를 쫓듯
아름다움에 취해 땅끝을 찾아갔지
그건 아마도 끝이 아니었을지 몰라
그러나 살면서 몇 번은 땅끝에 서게도 되지
파도가 끊임없이 땅을 먹어들어오는 막바지에서
이렇게 뒷걸음질치면서 말야

살기 위해서는 이제
뒷걸음질만이 허락된 것이라고
파도가 아가리를 쳐들고 달려드는 곳
찾아나선 것도 아니었지만
끝내 발 디디며 서 있는 땅의 끝,

그런데 이상하기도 하지

위태로움 속에 아름다움이 스며 있다는 것이

땅끝은 늘 젖어 있다는 것이

그걸 보려고

또 몇 번은 여기에 이르리라는 것이

오분간

이 꽃그늘 아래서

내 일생이 다 지나갈 것 같다

기다리면서 서성거리면서

아니, 이미 다 지나갔을지도 모른다

아이를 기다리는 오분간

아카시아꽃 하얗게 흩날리는

이 그늘 아래서

어느새 나는 머리 희끗한 노파가 되고,

버스가 저 모퉁이를 돌아서

내 앞에 멈추면

여섯살배기가 뛰어내려 안기는 게 아니라

훤칠한 청년 하나 내게로 걸어올 것만 같다

내가 늙은 만큼 그는 자라서

서로의 삶을 맞바꾼 듯 마주보겠지

기다림 하나로도 깜박 지나가 버릴 생生,

내가 늘 기다렸던 이 자리에

그가 오래도록 돌아오지 않을 때쯤

너무 멀리 나가버린 그의 썰물을 향해

떨어지는 꽃잎,

또는 지나치는 버스를 향해

무어라 중얼거리면서 내 기다림을 완성하겠지

중얼거리는 동안 꽃잎은 한 무더기 또 진다

아, 저기 버스가 온다

나는 훌쩍 날아올라 꽃그늘을 벗어난다

저 숲에 누가 있다

밤구름이 잘 익은 달을 낳고

달이 다시 구름 속으로 숨어버린 후

숲에서는…… 툭…… 탁…… 타닥……

상수리나무가 이따금 무슨 생각이라도 난 듯

제 열매를 던지고 있다

열매가 저절로 터지기 위해

나무는 얼마나 입술을 둥글게 오므렸을까

검은 숲에서 이따금 들려오는 말소리,

나는 그제야 알게도 된다

열매는 번식을 위해서만이 아니라

나무가 말을 하고 싶은 때를 위해 지어졌다는 것을

……타다닥…… 따악…… 톡…… 타르르……

무언가 짧게 타는 소리 같기도 하고

웃음소리 같기도 하고 박수소리 같기도 한

그 소리들은 무슨 냄새처럼 나를 숲으로 불러들인다

그러나 어둠으로 꽉 찬 가을숲에서

밤새 제 열매를 던지고 있는 그의 얼굴을

끝내 보지 않아도 좋으리

그가 던진 둥근 말 몇 개가

걸어가던 내 복숭아뼈쯤에…… 탁…… 굴러와 박혔으니

그 복숭아나무 곁으로

너무도 여러 겹의 마음을 가진
그 복숭아나무 곁으로
나는 왠지 가까이 가고 싶지 않았습니다
흰꽃과 분홍꽃을 나란히 피우고 서 있는 그 나무는 아마
사람이 앉지 못할 그늘을 가졌을 거라고
멀리로 멀리로만 지나쳤을 뿐입니다
흰꽃과 분홍꽃 사이에 수천의 빛깔이 있다는 것을
나는 그 나무를 보고 멀리서 알았습니다
눈부셔 눈부셔 알았습니다
피우고 싶은 꽃빛이 너무 많은 그 나무는
그래서 외로웠을 것이지만 외로운 줄도 몰랐을 것입니다
그 여러 겹의 마음을 읽는 데 참 오래 걸렸습니다

흩어진 꽃잎들 어디 먼 데 닿았을 무렵
조금은 심심한 얼굴을 하고 있는 그 복숭아나무 그늘에서
가만히 들었습니다 저녁이 오는 소리를

살아라, 그리고 기억하라

덩굴이 나무 위로 기어오르고 있다

벌들이 꽃에게로 접근하고 있다

아무도 이것을 눈치채지 못했으나

모든 것은 이루어지고 있음을

기억하라, 마지막 순간까지

누구도, 우리조차 우리가 살아 있음을 알지 못했으나

덩굴이 나무를 정복하듯이

꽃이 열매를 맺듯이

마침내 이루리라는 것을 기억하라

우리의 숨은 눈을 통하여

마침내 붉은 열매가

우리를 넘어서 날아오를 때까지

살아라, 그리고 기억하라°

° 바렌찐 라스뿌찐의 소설 제목.

그런 저녁이 있다

저물 무렵
무심히 어른거리는 개천의 물무늬며
하늘 한구석 뒤엉킨
하루살이떼의 마지막 혼돈이며
어떤 날은 감히 그런 걸 바라보려 한다

뜨거웠던 대지가 몸을 식히는 소리며
바람이 푸른 빛으로 지나가는 소리며
둑방의 꽃들이
차마 입을 다무는 소리며
어떤 날은 감히 그런 걸 들으려 한다

어둠이 빛을 지우며 내게로 오는 동안
나무의 나이테를
내 속에도 둥글게 새겨넣으며
가만 가만히 거기 서 있으려 한다
내 몸을 빠져나가지 못한 어둠 하나
옹이로 박힐 때까지

예전의 그 길, 이제는 끊어져

무성해진 수풀더미 앞에 하냥 서 있고 싶은

그런 저녁이 있다

마른 물고기처럼

어둠 속에서 너는 잠시만 함께 있자 했다
사랑일지도 모른다, 생각했지만
네 몸이 손에 닿는 순간
그것이 두려움 때문이라는 걸 알았다
너는 다 마른 샘 바닥에 누운 물고기처럼°
힘겹게 파닥이고 있었다, 나는
얼어 죽지 않기 위해 몸을 비비는 것처럼
너를 적시기 위해 자꾸만 침을 뱉었다
네 비늘이 어둠 속에서 잠시 빛났다
그러나 내 두려움을 네가 알았을 리 없다
조금씩 밝아오는 것이, 빛이 물처럼
흘러들어 어둠을 적셔버리는 것이 두려웠던 나는
자꾸만 침을 뱉었다, 네 시든 비늘 위에

아주 오랜 뒤에 나는 낡은 밥상 위에 놓인 마른 황어들을
보았다
  황어를 본 것은 처음이었지만 나는 너를 한눈에 알아보
았다

28

황어는 겨울밤 남대천 상류 얼음 속에서 잡은 것이라 한다

그러나 지느러미는 꺾이고 빛나던 눈도 비늘도 시들어버렸다

낡은 밥상 위에서 겨울 햇살을 받고 있는 마른 황어들은 말이 없다

<hr />

° 『장자莊子』의 「대종사大宗師」에서 빌어옴. "샘의 물이 다 마르면 고기들은 땅 위에 함께 남게 된다. 그들은 서로 습기를 공급하기 위해 침을 뱉어주고 거품을 내어 서로를 적셔준다. 하지만 이것은 강이나 호수에 있을 때 서로를 잊어버리는 것만 못하다."

사랑

피 흘리지 않았는데
뒤돌아보니
하얀 눈 위로
상처 입은 짐승의
발자욱이
나를 따라온다

저 발자욱
내 속으로
절뚝거리며 들어와
한 마리 짐승을 키우리

눈 녹으면
그제야
몸 누일 양지를
찾아 떠나리

어두워진다는 것

5시 44분의 방이

5시 45분의 방에게

누워 있는 나를 넘겨주는 것

슬픈 집 한 채를 들여다보듯

몸을 비추던 햇살이

불현듯 그 온기를 거두어가는 것

멀리서 수원은사시나무 한 그루가 쓰러지고

나무 껍질이 시들기 시작하는 것

시든 손등이 더는 보이지 않게 되는 것

5시 45분에서 기억은 멈추어 있고

어둠은 더 깊어지지 않고

아무도 쓰러진 나무를 거두어가지 않는 것

그토록 오래 서 있었던 뼈와 살

비로소 아프기 시작하고

가만, 가만, 가만히

금이 간 갈비뼈를 혼자 쓰다듬는 저녁

나 서른이 되면

어둠과 취기에 감았던 눈을
밝아오는 빛 속에 떠야 한다는 것이,
그 눈으로
삶의 새로운 얼굴을 바라본다는 것이,
그 입술로
눈물 젖은 희망을 말해야 한다는 것이
나는 두렵다
어제 너를 내리쳤던 그 손으로
오늘 네 뺨을 어루만지러 달려가야 한다는 것이,
결국 치욕과 사랑은 하나라는 걸
인정해야 하는 것이 두렵기만 하다
가을비에 낙엽은 길을 재촉해 떠나가지만
그 둔덕, 낙엽 사이로
쑥풀이 한갓 희망처럼 물오르고 있는 걸
하나의 가슴으로
맞고 보내는 아침이 이렇게 눈물겨웁다
잘 길들여진 발과
어디로 떠나갈지 모르는 발을 함께 달고서

그렇게라도 걷고 걸어서

나 서른이 되면

그것들의 하나됨을 이해하게 될까

두려움에 대하여 통증에 대하여

그러나 사랑에 대하여

무어라 한마디 말할 수 있게 될까

생존을 위해 주검을 끌고가는 개미들처럼

그 주검으로도

어린것들의 살이 오른다는 걸

나 감사하게 될까, 서른이 되면

2

일곱 살 때의 독서

제 빛남의 무게만으로
하늘의 구멍을 막고 있던 별들, 그날 밤
하늘의 누수는 시작되었다 하늘은 얼마나
무너지기 쉬운 것이었던가 별똥별이
떨어질 때마다 하늘은 울컥울컥 쏟아져
우리의 잠자리를 적시고 바다로 흘러들었다
그 깊은 우물 속에서 전갈의 붉은 심장이
깜박깜박 울던 초여름밤 우리는 무서운 줄도
모르고 바닷가 어느 집터에서, 지붕도 바닥도 없이
블록 몇 장이 바람을 막아주던 차가운 모래
위에서 킬킬거리며, 담요를 밀고 당기다 잠이 들었다
모래와 하늘, 그토록 확실한 바닥과 천장이
우리의 잠을 에워싸다니, 나는 하늘이 달아날까봐
몇 번이나 선잠이 깨어 그 거대한 책을 읽고
또 읽었다 그날 밤 파도와 함께 밤하늘을
다 읽어버렸다 그러나 아무도 모를 것이다 내가
하늘의 한 페이지를 훔쳤다는 걸,
그 한 페이지를 어느 책갈피에 끼워넣었는지를

못 위의 잠

저 지붕 아래 제비집 너무도 작아

갓 태어난 새끼들만으로 가득 차고

어미는 둥지를 날개로 덮은 채 간신히 잠들었습니다

바로 그 옆에 누가 박아놓았을까요, 못 하나

그 못이 아니었다면

아비는 어디서 밤을 지냈을까요

못 위에 앉아 밤새 꾸벅거리는 제비를

눈이 뜨겁도록 올려다봅니다

종암동 버스정류장, 흙바람은 불어오고

한 사내가 아이 셋을 데리고 마중나온 모습

수많은 버스를 보내고 나서야

피곤에 지친 한 여자가 내리고, 그 창백함 때문에

반쪽 난 달빛은 또 얼마나 창백했던가요

아이들은 달려가 엄마의 옷자락을 잡고

제자리에 선 채 달빛을 좀더 바라보던

사내의, 그 마음을 오늘 밤은 알 것도 같습니다

실업의 호주머니에서 만져지던

때묻은 호두알은 쉽게 깨어지지 않고

그럴듯한 집 한 채 짓는 대신

못 하나 위에서 견디는 것으로 살아온 아비,

거리에선 아직도 흙바람이 몰려오나 봐요

돌아오는 길 희미한 달빛은 그런대로

식구들의 손 잡은 그림자를 만들어주기도 했지만

그러기엔 골목이 너무 좁았고

늘 한 걸음 늦게 따라오던 아버지의 그림자

그 꾸벅거림을 기억나게 하는

못 하나, 그 위의 잠

누에의 방

형광등이 꺼지고
백열등 하나가 앉은뱅이책상 위에 켜지면
아버지는 비로소 우리의 아버지가 되었다

잠 못 이루고 뒤척이곤 했던 것이
여름밤 식구들의 좁은 잠자리 때문이었는지
십오촉 백열등 빛이 너무 밝아서였는지
천장을 가득 채우던 아버지의 그림자 때문이었는지
그 모든 것 때문이었는지 지금은 잘 기억나지 않는다
철판 긁는 소리가 밤새 들리던 밤
목에 둘렀던 수건을 감아 뜨거운 전구알을 갈던 모습이며
쥐가 난 다리를 뻗어서 두드리던 모습이며
전구 위에 씌웠던 종이갓이 겁게 타 들어가던 모습이며
자줏빛으로 죽어가던 손마디와 팔꿈치를 문지르던 모습이며
내가 반쯤 뜬 눈으로 보고 있었다는 것을
아버지는 알고 계셨을까 그 방을 벗어나고 싶어 했다는 것을

글을 쓰고 싶어 하셨지만

글자만을 한 자 한 자 철필로 새겨넣던 아버지
그러나 고치 속에서 뽑아낸 실로
세상을 향해 긴 글을 쓰고 계셨다는 걸 깨달은 것은
그 후로도 오랜 뒤였다

오늘 밤
내 마음의 형광등 모두 꺼지고 식구들도 잠들고
백열등 하나 오롯하게 빛나는 밤
아버지가 뽑아내던 실끝이 어느새 내 입에 물려 있어
아버지가 나 대신 글을 쓰는 밤
나는 아버지라는 생을 옮겨 쓰는 필경사가 되어
뜨거운 고치 속에 돌아와 앉는다
그때의 바람이 이 견디기 어려운 여름 속으로
백열등이 너무 어둡게도 너무 밝게도 생각되는 내 눈 속으로
더 깊이 더 깊이 들어오기만을 기다리면서
그림자 어른거리는 천장을 우두커니 바라보는 것이다
아무에게도 건네지 못할 긴 편지를 나 역시도 쓰게 되는
것이다

어린것

어디서 나왔을까 깊은 산길

갓 태어난 듯한 다람쥐새끼

물끄러미 나를 바라보고 있다

그 맑은 눈빛 앞에서

나는 아무것도 고집할 수가 없다

세상의 모든 어린것들은

내 앞에 눈부신 꼬리를 쳐들고

나를 어미라 부른다

괜히 가슴이 저릿저릿한 게

핑그르르 굳었던 젖이 돈다

젖이 차올라 겨드랑이까지 찡해오면

지금쯤 내 어린것은

얼마나 젖이 그리울까

울면서 젖을 짜버리던 생각이 문득 난다

도망갈 생각조차 하지 않는

난만한 그 눈동자,

너를 떠나서는 아무데도 갈 수 없다고

갈 수도 없다고

나는 오르던 산길을 내려오고 만다

하, 물웅덩이에는 무사한 송사리떼

저녁을 위하여

"엄마, 천천히 가요."
아이는 잠이 덜 깬 얼굴로 칭얼거린다
그 팔을 끌어당기면서
아침부터 나는 아이에게 저녁을 가르친다
기다림을, 참으라는 것을 가르친다
"자, 착하지? 조금만 가면 돼.
이따 저녁에 만나려면 가서 잘 놀아야지."
마음이 급한 내 팔에 끌려올 때마다
아이의 팔이 조금씩 늘어난다
아이를 키우기 위해
아이를 남에게 맡겨야 하고
누군가를 사랑하기 위해
다른 것들에 더욱 매달리지 않으면
안 된다는 것을, 그게 삶이라는 것을
모질게도 가르치려는 것일까
해종일 잘 견디어야 저녁이 온다고,
사랑하는 것들은 어두워져서야
이부자리에 팔과 다리를 섞을 수 있다고

모든 아침은 우리에게 말한다
오늘은 저도 발꿈치가 아픈지
막무가내로 울면서 절름거린다
"자, 착하지?"
아이의 눈가를 훔쳐주다가
나는 문득 이 눈부신 햇살을 버리고 싶다

허공 한 줌

이런 얘기를 들었어. 엄마가 깜박 잠이 든 사이 아기는 어떻게 올라갔는지 난간 위에서 놀고 있었대. 난간 밖은 허공이었지. 잠에서 깨어난 엄마는 난간의 아기를 보고 얼마나 놀랐는지 이름을 부르려 해도 입이 떨어지지 않았어. 아가, 조금만, 조금만 기다려, 엄마는 숨을 죽이며 아기에게로 한 걸음 한 걸음 다가갔어. 그러고는 온몸의 힘을 모아 아기를 끌어안았어. 그런데 아기를 향해 내뻗은 두 손에 잡힌 것은 허공 한 줌뿐이었지. 순간 엄마는 숨이 그만 멎어버렸어. 다행히도 아기는 난간 이쪽으로 굴러 떨어졌지. 아기가 울자 죽은 엄마는 꿈에서 깬 듯 아기를 안고 병원으로 달렸어. 아기를 살려야 한다는 생각 말고는 아무 생각도 할 수 없었지. 얼마 지나지 않아 아기는 울음을 그치고 잠이 들었어. 죽은 엄마는 아기를 안고 집으로 돌아와 아랫목에 뉘었어. 아기를 토닥거리면서 곁에 누운 엄마는 그 후로 다시는 깨어나지 못했지. 죽은 엄마는 그제서야 마음놓고 죽을 수 있었던 거야.

이건 그냥 만들어낸 얘기가 아닐지 몰라. 버스를 타고

돌아오면서 나는 비어 있는 손바닥을 가만히 내려다보았어. 텅 비어 있을 때에도 그것은 꽉 차 있곤 했지. 수없이 손을 쥐었다 폈다 하면서 그날 밤 참으로 많은 걸 놓아주었어. 허공 한 줌까지도 허공에 돌려주려는 듯 말야.

연두에 울다

떨리는 손으로 풀죽은 김밥을

입에 쑤셔넣고 있는 동안에도

기차는 여름 들판을 내 눈에 밀어넣었다.

연둣빛 벼들이 눈동자를 찔렀다.

들판은 왜 저리도 푸른가.

아니다. 푸르다는 말은 적당치 않다.

초록은 동색이라지만

연두는 내게 좀 다른 종족으로 여겨진다.

거기엔 아직 고개 숙이지 않은

출렁거림, 또는 수런거림 같은 게 남아 있다.

저 순연한 벼포기들.

그런데 내 안은 왜 이리 어두운가.

나를 빛바래게 하려고 쏟아지는 저 햇빛도

결국 어두워지면 빛바랠 거라고 중얼거리며

김밥을 네 개째 삼키는 순간

갑자기 울음이 터져나왔다, 그것이 마치

감정이 몸에 돌기 위한 최소조건이라도 되는 듯.

눈에 즙처럼 괴는 연두.

그래. 저 빛에 나도 두고 온 게 있지.

기차는 여름 들판 사이로 오후를 달린다.

기러기떼

양¥이 큰 것을 미美라 하지만
저는 새가 너무 많은 것을 슬픔이라 부르겠습니다

철원 들판을 건너는 기러기떼는
끝도 없이 밀려오는 잔물결 같고
그 물결 거슬러 떠가는 나룻배들 같습니다
바위 끝에 하염없이 앉아 있으면
삐걱삐걱, 낡은 노를 젓는 날개소리 들립니다
어찌 들어보면 퍼걱퍼걱, 무언가
헛것을 퍼내는 삽질소리 같기도 합니다
그러나 아무리 퍼내도
내 몸 속의 찬 강물 줄어들지 않습니다
흘려보내도 흘려보내도 다시 밀려오는
저 아스라한 새들은
작은 밥상에 놓인 너무 많은 젓가락들 같고
삐걱삐걱 노 젓는 날개소리는
한 접시 위에서 젓가락들이 맞부비는 소리 같습니다
그 서러운 젓가락들이

한쪽 모서리가 부서진 밥상을 끌고
오늘 저녁 어느 하늘을 지나고 있는지

새가 너무 많은 것을 슬픔이라 부르고 나니
새들은 자꾸 날아와 저문 하늘을 가득 채워버렸습니다
이제 노 젓는 소리 들리지 않습니다

저 물결 하나

한강 철교를 건너는 동안
잔물결이 새삼스레 눈에 들어왔다
얼마 안 되는 보증금을 빼서 서울을 떠난 후
낯선 눈으로 바라보는 한강,
어제의 내가 그 강물에 뒤척이고 있었다
한 뼘쯤 솟았다 내려앉는 물결들,
서울에 사는 동안 내게 지분이 있었다면
저 물결 하나일 거라는 생각이 들었다
물결, 일으켜
열 번이 넘게 이삿짐을 쌌고
물결, 일으켜
물새 같은 아이 둘을 업어 길렀다
사랑도 물결, 처럼
사소하게 일었다 스러지곤 했다
더는 걸을 수 없는 무릎을 일으켜 세운 것도
저 낮은 물결, 위에서였다
숱한 목숨들이 일렁이며 흘러가는 이 도시에서
뒤척이며, 뒤척이며, 그러나

같은 자리로 내려앉는 법이 없는
저 물결, 위에 쌓았다 허문 날들이 있었다
거대한 점묘화 같은 서울,
물결, 하나가 반짝이며 내게 말을 건넨다
저 물결을 일으켜 또 어디로 갈 것인가

벗어놓은 스타킹

지치도록 달려온 갈색 암말이
여기 쓰러져 있다
더 이상 흘러가지 않을 것처럼

생生의 얼굴은 촘촘한 그물 같아서
조그만 까끄러기에도 올이 주르르 풀려 나가고
무릎과 엉덩이 부분은 이미 늘어져 있다
몸이 끌고 다니다가 벗어놓은 욕망의
껍데기는 아직 몸의 굴곡을 기억하고 있다
의상을 벗은 광대처럼 맨발이 낯설다
얼른 집어 들고 일어나 물 속에 던져넣으면
달려온 하루가 현상되어 나오고
물을 머금은 암말은
갈색빛이 짙어지면서 다시 일어난다
또 다른 의상이 되기 위하여

밤새 갈기는 잠자리 날개처럼 잘 마를 것이다

이 복도에서는

종합병원 복도를 오래 서성거리다 보면
누구나 울음의 감별사가 된다

울음마다에는 병아리 깃털 같은 결이 있어서
들썩이는 어깨를 짚어보지 않아도
그것이 병을 마악 알았을 때의 울음인지
죽음을 얼마 앞둔 울음인지
싸늘한 죽음 앞에서의 울음인지 알 수가 있다

그러나 이 복도에서는 보이지 않는 불문율이 있다
울음소리가 들려도 뒤돌아보지 말 것,
아무 소리도 듣지 않은 것처럼 앞으로 걸어갈 것

마른 시냇물처럼 오래 흘러온
이 울음의 야적장에서는 누구도 그 무게를 달지 않는다

너무 늦게 그에게 놀러간다

우리 집에 놀러와. 목련 그늘이 좋아.
꽃 지기 전에 놀러와.
봄날 나지막한 목소리로 전화하던 그에게
나는 끝내 놀러가지 못했다

해 저문 겨울날
너무 늦게 그에게 놀러간다

나 왔어.
문을 열고 들어서면
그는 못 들은 척 나오지 않고
이봐. 어서 나와.
목련이 피려면 아직 멀었잖아.
짐짓 큰소리까지 치면서 문을 두드리면
조등弔燈 하나
꽃이 질 듯 꽃이 질 듯
흔들리고, 그 불빛 아래서
너무 늦게 놀러온 이들끼리 술잔을 기울이겠지

밤새 목련 지는 소리 듣고 있겠지

너무 늦게 그에게 놀러간다,
그가 너무 일찍 피워올린 목련 그늘 아래로

방을 얻다

담양이나 창평 어디쯤 방을 얻어

다람쥐처럼 드나들고 싶어서

고즈넉한 마을만 보면 들어가 기웃거렸다

지실마을 어느 집을 지나다

오래된 한옥 한 채와 새로 지은 별채 사이로

수더분한 꽃들이 피어 있는 마당을 보았다

나도 모르게 열린 대문 안으로 들어섰는데

아저씨는 숫돌에 낫을 갈고 있었고

아주머니는 밭에서 막 돌아온 듯 머릿수건이 촉촉했다

—저어, 방을 한 칸 얻었으면 하는데요.

일주일에 두어 번 와 있을 곳이 필요해서요.

내가 조심스럽게 한옥 쪽을 가리키자

아주머니는 빙그레 웃으며 이렇게 대답했다

—글씨, 아그들도 다 서울로 나가불고

우리는 별채서 지낸께로 안채가 비기는 해라우.

그라제마는 우리 집안의 내력이 짓든 데라서

맴으로는 지금도 쓰고 있단 말이요.

이 말을 듣는 순간 정갈한 마루와

마루 위에 앉아 계신 저녁 햇살이 눈에 들어왔다

세 놓으라는 말도 못하고 돌아섰지만

그 부부는 알고 있을까,

빈방을 마음으로는 늘 쓰고 있다는 말 속에

내가 이미 세 들어 살기 시작했다는 걸

3

귀뚜라미

높은 가지를 흔드는 매미소리에 묻혀
내 울음 아직은 노래 아니다

차가운 바닥 위에 토하는 울음,
풀잎 없고 이슬 한 방울 내리지 않는
지하도 콘크리트벽 좁은 틈에서
숨막힐 듯, 그러나 나 여기 살아 있다
귀뚜르르 뚜르르 보내는 타전소리가
누구의 마음 하나 울릴 수 있을까

지금은 매미떼가 하늘을 찌르는 시절
그 소리 걷히고 맑은 가을이
어린 풀숲 위에 내려와 뒤척이기도 하고
계단을 타고 이 땅밑까지 내려오는 날
발길에 눌려 우는 내 울음도
누군가의 가슴에 실려가는 노래일 수 있을까

살아 있어야 할 이유

가슴의 피를 조금씩 식게 하고
차가운 손으로 제 가슴을 문질러
온갖 열망과 푸른 고집들 가라앉히며
단 한 순간 타오르다 사라지는 이여

스스로 떠난다는 것이
저리도 눈부시고 환한 일이라고
땅에 뒹굴면서도 말하는 이여

한번은 제 슬픔의 무게에 물들고
붉은 석양에 다시 물들며
저물어가는 그대, 그러나 나는

저물고 싶지를 않습니다
모든 것이 떨어져내리는 시절이라 하지만
푸르죽죽한 빛으로 오그라들면서
이렇게 떨면서라도
내 안의 물기 내어줄 수 없습니다

눅눅한 유월의 독기를 견디며 피어나던

그 여름 때늦은 진달래처럼

고통에게 2

절망의 꽃잎 돋을 때마다
옆구리에서
겨드랑이에서
무릎에서
어디서 눈이 하나씩 열리는가

돋아나는 잎들
숨가쁘게 완성되는 꽃
그러나 완성되는 절망이란 없다

그만 지고 싶다는 생각
늙고 싶다는 생각
삶이 내 손을 그만 놓아주었으면 좋겠다는 생각

…… 그러나 꽃보다도 적게 산 나여

11월

바람은 마지막 잎새마저 뜯어 달아난다
그러나 세상에 남겨진 자비에 대하여
나무는 눈물 흘리며 감사한다

길가의 풀들을 더럽히며 빗줄기가 지나간다
희미한 햇살이라도 잠시 들면
거리마다 풀들이 상처를 널어 말리고 있다

낮도 저녁도 아닌 시간에,
가을도 겨울도 아닌 계절에,
모든 것은 예고에 불과한 고통일 뿐

이제 겨울이 다가오고 있지만
모든 것은 겨울을 이길 만한 눈동자들이다

엘리베이터

더 들어가요. 같이 좀 탑시다.

병원 엘리베이터 타기가 이렇게 어려워서야……

육중한 몸집을 들이밀며 한 아주머니가 타고 나자

엘리베이터 안은 빽빽한 모판이 되어버렸다

11층, 9층, 7층, 5층…… 문이 열릴 때마다 조금씩 헐거

워지는 모판,

갑자기 짝수층 엘리베이터에서 울음소리 들려온다

누구일까, 어젯밤 중환자실 앞에서 울던 그 가족일까,

모판 위의 삶을 실은 홀수층 엘리베이터와

칠성판 위의 죽음을 실은 짝수층 엘리베이터는

1층에서 만난다, 울며 떨어지지 않으려는 가족들과

짝수층 엘리베이터에 실린 죽음을

홀수층 엘리베이터에서 내려 바라보는 사람들 앞에서

흰 헝겊으로 들씌워진 한 사람만

짝수층 엘리베이터에 남고, 문이 닫히고,

잠시 후 B1에 불이 들어온다, 그새

홀수층 엘리베이터 안에는 다시 사람들이 채워진다

더 들어가요. 같이 좀 탑시다…… 아우성이 채워지고, 문이 닫히고,

빽빽해진 모판은 비워지기 위해 올라가기 시작한다

1층, 3층, 5층, 7층, 9층, 11층……

삶과 죽음을 오르내리는 사다리는 잠시도 쉬지 않는다

엘리베이터는 나른다, 병든 입으로 들어갈 밥과 국을

엘리베이터는 나른다, 더 이상 밥과 국을 삼키지 못하는 육체를

엘리베이터는 나른다, 병든 손을 잡으려는 수많은 손들을

엘리베이터는 나른다, 더 이상 병든 손조차 잡을 수 없는 손들을

돼지머리들처럼

하루에도 몇 번씩 거울을 보며
엄지와 집게손가락으로 입 끝을 집어올린다
자, 웃어야지, 살이 굳어버리기 전에

새벽 자갈치시장, 돼지머리들을
찜통에서 꺼내 진열대 위에 앉힌 주인은
웃는 표정을 만들고 있었다
그래, 이렇게 웃어야지, 김이 가시기 전에

몸에서 잘린 줄도 모르고
목구멍으로 피가 하염없이 흘러간 줄도 모르고
아침 햇살에 활짝 웃던 돼지머리들

그렇게 웃지 않았더라면
사람들은 적당히 벌어진 입과 콧구멍 속에
만원짜리 지폐를 쑤셔넣지 않았으리라

하루에도 몇 번씩 진열대 위에 얹혀 있다는 생각,

웃어, 웃어봐, 웃는 척이라도 해봐,
시들어가는 입술을 손가락으로 집어올린다

아— 에— 이— 오— 우—
얼굴을 괄약근처럼 쥐었다 폈다 불러보아도
흘러내린 피는 돌아오지 않는다

출근길 룸미러 속에서 발견한
누군가의 머리 하나

꽃병의 물을 갈며

꽃은 어제보다 더욱 붉기만 한데
물에 잠긴 줄기는 썩어가고 있으니
이게 웬일인가, 같은 물에 몸 담그고도
아래에서는 악취가 자라 무성해지고
위로는 붉은 향기가 천연스레 솟아오르고 있으니
이게 웬일인가

꽃을 아름답다 말하는 나는
꽃이 시들까봐 하루도 거르지 않고
그 물을 갈아주는 나는
산 것들을 살게 하지 못하고
죽어가는 것들을 바로 눈감게 하지 못하는
잘못을 저지르고 있는 것은 아닌가

오늘도 조간신문 위에는 십오 세의 소년이
수은 중독으로 실려나가고
그 기사에 우리는 잠시 놀란 얼굴이 될 뿐
오히려 그 위에 피어난 꽃을 즐기고 있구나

꽃은 꽃대로 피어나고
줄기는 줄기대로 썩어가고 있을 때
그 죽음이 우연이었다고 지나칠 수 있는가
썩어가는 줄기에서 수은 한 줌 훔쳐낸다고
꽃은 순결해질 수 있는가

매일 아침 꽃병의 물을 갈아주며
무엇 하나 깨끗하게 씻어줄 수 없는
우리의 노동을 생각한다
살아 있던 줄기들은 그 밑둥이 잘리고
꺾인 줄기들은 모두 꽃병 속으로 들어가야 하는
자본주의의 꽃이 활짝 핀 방 속에서

음지의 꽃

우리는 썩어가는 참나무떼,
벌목의 슬픔으로 서 있는 이 땅
패역의 골짜기에서
서로에게 기댄 채 겨울을 난다
함께 썩어갈수록
바람은 더 높은 곳에서 우리를 흔들고
이윽고 잠자던 홀씨들 일어나
우리 몸에 뚫렸던 상처마다 버섯이 피어난다
황홀한 음지의 꽃이여
우리는 서서히 썩어가지만
너는 소나기처럼 후드득 피어나
그 고통을 순간에 멈추게 하는구나
오, 버섯이여
산비탈에 구르는 낙엽으로도
골짜기를 떠도는 바람으로도
덮을 길 없는 우리의 몸을
뿌리 없는 너의 독기로 채우는구나

길

길 아닌 곳에 이르러 그대는 몸을 눕혀 나의 길이 된다 한 발 디뎌 서면 이미 길이 아니기도 한 신기루, 나는 멀리 달아나 박쥐들이 사는 광야로 바위 밑으로

그대가 날 시험하려는가 보리떡 한 덩이로 저 거친 광야를 푸른 보리밭으로 만들 수 있노라고, 그저 믿고 기다린다면 그 위로 풍성한 새떼를 놓으리라고

희망의 그물 던지며 기다리는데, 땀 흘려도 길은 자꾸 희미해지고 수많은 햇살이 들어박힌 과녁처럼 그을리고 상처난 사람들이 돌아온다, 그들의 고단한 눈썹 위로 어디 길이 보이나

길 없는 곳에 이르러 마침내 그대는 가시밭에 몸을 눕혀 그들의 길이 된다 보리떡 깨물며 부르는 노래 있어 엎드려 길이 되는 사람들 속에 보리밭 푸르러가고, 이제는 내가 길이 된다 광야에서 마을까지 닿아 있는 멀고도 가까운 길이

뜨거운 돌

움켜쥐고 살아온 손바닥을
가만히 내려놓고 펴보는 날 있네
지나온 강물처럼 손금을 들여다보는
그런 날이 있네
내 스무 살 때 쥐어진 돌 하나
어디로도 굴러가지 못하고
아직 그 안에 남아 있는 걸 보네

가투 장소가 적힌 쪽지를 처음 받아들던 날
그건 종이가 아니라 뜨거운 돌이었네
누구에게도 그 돌 끝내 던지지 못했네
한 번도 뜨겁게 끌어안지 못한 이십대
화상火傷마저 늙어가기 시작한 삼십대
던지지 못한 그 돌
오래된 질문처럼 내 손에 박혀 있네

그 돌을 손에 쥔 채 세상과 손 잡고 살았네
그 돌을 손에 쥔 채 글을 쓰기도 했네

문장은 자꾸 걸려 넘어졌지만
뜨거움 벗어나기 위해 글을 쓰던 밤 있었네
만일 그 돌을 던졌다면, 누군가에게, 그랬다면,
삶이 좀더 가벼울 수 있었을까
오히려 그 뜨거움이 온기가 되어
나를 품어준 것은 아닐까 생각해보기도 하네

오래된 질문처럼 남아 있는 돌 하나
대답도 할 수 없는데 그 돌 식어가네
단 한 번도 흘러넘치지 못한 화산의 용암처럼
식어가는 돌 아직 내 손에 있네

떨기나무 덤불 있다면

내가 기대어 살아온 것은 정작
허기에 불과했던 것일까

채우면 이내 사라지는, 허나
다시 배고픈 영혼이 되어
무언가를 불러대던 소리, 눈빛, 몸짓, 저 냄새

내가 사랑한 모든 것은
그런 지푸라기에 붙인 불꽃이었을까

그러나 허기가 아니었다면
한 눈빛
어떤 눈빛을 알아볼 수 있었을까
한 손이 다른 손을 잡을 수는 있었을까

허기로 견디던 한 시절은 가고, 이제
밥그릇을 받아놓고도 식욕이 동하지 않는 시대
발자국조차 남길 수 없는 자갈밭 같은 시대

거기 메아리를 얻지 못한 소리들만 갈앉아

뜨겁게 자갈을 달구는 시대

불타도 사라지지 않는 떨기나무 덤불 있다면

그 앞에 신이라도 벗어야겠다

마른 나뭇가지처럼 그리로 그리로 기울고 싶다

그 말이 잎을 물들였다

살았을 때의 어떤 말보다
아름다웠던 한마디
어쩔 수 없을지도 모른다는,
그 말이 잎을 노랗게 물들였다

지나가는 소나기가 잎을 스쳤을 뿐인데
때로는 여름에도 낙엽이 진다
온통 물든 것들은 어디로 가나
사라짐으로 하여
남겨진 말들은 아름다울 수 있었다

말이 아니어도, 잦아지는 숨소리,
일그러진 표정과 차마 감지 못한 두 눈까지도
더 이상 아프지 않은 그 순간
삶을 꿰매는 마지막 한땀처럼
낙엽이 진다

낙엽이 내 젖은 신발창에 따라와

문턱을 넘는다, 아직은 여름인데

4

상수리나무 아래

누군가 맵찬 손으로
귀싸대기를 후려쳐주었으면 싶은

잘 마른 싸릿대를 꺾어
어깨를 내리쳐주었으면 싶은

가을날 오후

언덕의 상수리나무 아래
하염없이 서 있었다

저물녘 바람이 한바탕 지나며
잘 여문 상수리들을
머리에, 얼굴에, 어깨에, 발등에 퍼부어주었다

무슨 회초리처럼, 무슨 위로처럼

포도밭처럼

저 야트막한 포도밭처럼 살고 싶었다
산등성이 아래 몸을 구부려
낮게 낮게 엎드려서 살고 싶었다
숨은 듯 숨지는 않은 듯
세상 밖에서 익혀가고 싶은 게 있었다
입 속에 남은 단 한 마디
포도씨처럼 물고
끝내 밖으로 내어놓고 싶지 않았다
둥근 몸을 굴려 어디에 처박히고 싶은 꿈
내게 있었다, 몇 장의 잎새 뒤에서

그러나 나는 이미 세상의 술틀에 던져진 포도알이었는지
모른다 채 익기도 전에 으깨어져 붉은 즙액이 되어버린, 너
무 많은 말들을 입 속 가득 머금고 울컥거리는, 나는 어느
새 둥근 몸을 잃어버렸는지 모른다 포도가 아닌 다른 몸이
되어 절벅거리며, 냄새가 되어 또 하나의 풍문이 되어 퍼져
가면서, 세상을 적시고 있었는지 모른다

저 멀리 야트막한 포도밭의 평화,

아직 내 몸이 가지에 매달려 있는 것만 같아

사라진 손으로 사라진 몸을 더듬어본다

은밀하게 익혀가고 싶은 게 있었던 것처럼

풍장의 습관

방에 마른 열매가 늘어나고 있다는 사실을
깨달은 것은 오늘 아침이었다
책상 위의 석류와 탱자는 돌보다 딱딱해졌다
향기가 사라지니 이제야 안심이 된다
그들은 향기를 잃는 대신 영생을 얻었을지
모른다고, 단단한 껍질을 어루만지며 중얼거려본다
지난 가을 내 머리에 후두둑 떨어져내리던
도토리들도 종지에 가지런히 담겨 있다
흔들어보니 희미한 종소리가 난다
마른 찔레 열매는 아직 붉다
싱싱한 꽃이나 열매를 보며
스스로의 습기에 부패되기 전에
그들을 장사 지내주어야 한다는 생각이
때 이른 풍장의 습관으로 나를 이끌곤 했다
바람이 잘 드는 양지볕에
향기로운 육신을 거꾸로 매달아
피와 살을 증발시키지 않고는 안심할 수 없던,
또는 고통의 설탕에 절인 과육을

불 위에 올려놓고 나무주걱으로 휘휘 저으며

달아나지 않고는 견딜 수 없던 나는

건조증에라도 걸린 것일까

누군가 내게 꽃을 잘 말린다고 말했지만 그건

유목의 피를 잠재우는 일일 뿐이라고,

오늘 아침 방에 들어서는 순간

후욱 끼치던 마른 꽃 냄새, 그 겹겹의 입술들이,

한 번도 젖은 허벅지를 더듬어본 적 없는 입술들이

일제히 나를 향해 외치는 소리를 들었다,

나비처럼 가벼워진 꽃들 속에서

어떤 출토 出土

고추밭을 걷어내다가
그늘에서 늙은 호박 하나를 발견했다
뜻밖의 수확을 들어올리는데
흙 속에 처박힌 달디단 그녀의 젖을
온갖 벌레들이 오글오글 빨고 있는 게 아닌가
소신공양을 위해
타닥타닥 타고 있는 불꽃 같기도 했다
그 은밀한 의식을 훔쳐보다가
나는 말라가는 고춧대를 덮어주고 돌아왔다

가을갈이를 하려고 밭에 다시 가보니
호박은 온데간데 없다
불꽃도 흙 속에 잦아든 지 오래다
자세히 들여다보니
그녀는 젖을 다 비우고
잘 마른 종잇장처럼 땅에 엎드려 있는 게 아닌가
스스로의 죽음을 덮고 있는
관뚜껑을 나는 조심스럽게 들어올렸다

한 웅큼 남아 있는 둥근 사리들!

사라진 손바닥

처음엔 흰 연꽃 열어 보이더니
다음엔 빈 손바닥만 푸르게 흔들더니
그 다음엔 더운 연밥 한 그릇 들고 서 있더니
이제는 마른 손목마저 꺾인 채
거꾸로 처박히고 말았네
수많은 창槍을 가슴에 꽂고 연못은
거대한 폐선처럼 가라앉고 있네

바닥에 처박혀 그는 무엇을 하나
말 건네려 해도
손 잡으려 해도 보이지 않네
발밑에 떨어진 밥알들 주워서
진흙 속에 심고 있는지 고개 들지 않네

백 년쯤 지나 다시 오면
그가 지은 연밥 한 그릇 얻어먹을 수 있으려나
그보다 일찍 오면 빈 손이라도 잡으려나
그보다 일찍 오면 흰 꽃도 볼 수 있으려나

회산에 회산에 다시 온다면

섶섬이 보이는 방

—이중섭의 방에 와서

서귀포 언덕 위 초가 한 채
귀퉁이 고방을 얻어
아고리와 발가락군°은 아이들을 키우며 살았다
두 사람이 누우면 꽉 찰,
방보다는 차라리 관에 가까운 그 방에서
게와 조개를 잡아먹으며 살았다
아이들이 해변에서 묻혀온 모래알이 버석거려도
밤이면 식구들의 살을 부드럽게 끌어안아
조개껍질처럼 입을 다물던 방,
게를 삶아먹은 게 미안해 게를 그리는 아고리와
소라껍질을 그릇 삼아 상을 차리는 발가락군이
서로의 몸을 끌어안던 석회질의 방,
방이 너무 좁아서 그들은
하늘로 가는 사다리를 높이 가질 수 있었다
꿈 속에서나 그림 속에서
아이들은 새를 타고 날아다니고
복숭아는 마치 하늘의 것처럼 탐스러웠다
총소리도 거기까지는 따라오지 못했다

섶섬이 보이는 이 마당에 서서

서러운 햇빛에 눈부셔한 날 많았더라도

은박지 속의 바다와 하늘,

게와 물고기는 아이들과 해 질 때까지 놀았다

게가 아이의 잠지를 물고

아이는 물고기의 꼬리를 잡고

물고기는 아고리의 손에서 파닥거리던 바닷가,

그 행복조차 길지 못하리란 걸

아고리와 발가락군은 알지 못한 채 살았다

빈 조개껍질에 세 든 소라게처럼

° 화가 이중섭과 그의 아내가 서로를 부르던 애칭.

야생사과

어떤 영혼들과 얘기를 나누었다
붉은 절벽에서 스며나온 듯한 그들과

목소리는 바람결 같았고
우리는 나란히 앉아 지는 해를 바라보았다

흘러가는 구름과 풀을 뜯고 있는 말,
모든 그림자가 유난히 길고 선명한 저녁이었다

그들은 붉은 절벽으로 돌아가며
곁에 선 나무에서 야생사과를 따주었다

새가 쪼아먹은 자리마다
개미들이 오글거리며 단물을 빨고 있었다

나는 개미들을 훑어내고 한입 베어물었다
달고 시고 쓰디쓴 야생사과를

그들이 사라진 수평선,

내 등 뒤에 서 있는 내가 보였다

바람소리를 들었을 뿐인데

그들이 건네준 야생사과를 베어물었을 뿐인데

사흘만

양쪽 무릎 뒤 연한 주름살 속에
내 귀가 달렸으면
그래서 귀뚜라미가 날개를 비벼서 내는
노래를 들을 수 있었으면
귀뚜라미를 들을 수 있었으면

꽃들을 맴돌며 절박하게 잉잉거리는
벌떼의 기도를 들을 수 있었으면
주문도 기도도 끌어올릴 수 없는 내 마음에
그 소리라도 들어왔으면

노래도 사랑도 낙과처럼 저문 가을날
과수원에 떨어진 사과 한 알을 들고
산누에나방처럼
두껍고 단단한 고치를 틀고 앉아
한 사흘만 지낼 수 있었으면

그 사흘의 어둠을

인간계의 삼십 년과 바꿀 수 있었으면

배고프면 잘 익은 쪽부터 사과를 베어 먹고

그렇게 사흘만 인간의 소리를 듣지 않을 수 있었으면

내 귀가 내 귀가 아니었으면

그곳이 멀지 않다

사람 밖에서 살던 사람도
숨을 거둘 때는
비로소 사람 속으로 돌아온다

새도 죽을 때는
새 속으로 가서 뼈를 눕히리라

새들의 지저귐을 따라
아무리 마음을 뻗어보아도
마지막 날개를 접는 데까지 가지 못했다

어느 겨울 아침
상처도 없이 숲길에 떨어진
새 한 마리

넓은 후박나무 잎으로
나는 그 작은 성지를 덮어주었다

산 속에서

길을 잃어보지 않은 사람은 모르리라
터덜거리며 걸어간 길 끝에
멀리서 밝혀져오는 불빛의 따뜻함을

막무가내의 어둠 속에서
누군가 맞잡을 손이 있다는 것이
인간에 대한 얼마나 새로운 발견인지

산 속에서 밤을 맞아본 사람은 알리라
그 산에 갇힌 작은 지붕들이
거대한 산줄기보다
얼마나 큰 힘으로 어깨를 감싸주는지

먼 곳의 불빛은
나그네를 쉬게 하는 것이 아니라
계속 걸어갈 수 있게 해준다는 것을

꽃바구니

자, 받으세요, 꽃바구니를.

이월의 프리지아와 삼월의 수선화와 사월의 라일락과

오월의 장미와 유월의 백합과 칠월의 칼라와 팔월의 해바
라기가

한 오아시스에 모여 있는 꽃바구니를.

이 꽃들의 화음을.

너무도 작은 오아시스에

너무도 많은 꽃들이 허리를 꽂은

한 바구니의 신음을.

대지를 잃어버린 꽃들은 이제 같은 시간을 살지요.

서로 뿌리가 다른 같은 시간을.

향기롭게, 때로는 악취를 풍기며

바구니에서 떨어져내리는 꽃들이 있네요.

물에 젖은 오아시스를 거절하고

고요히 시들어가는 꽃들,

그들은 망각의 달콤함을 알고 있지요.

하지만 꽃바구니에는 생기로운 꽃들이 더 많아요.

하루가 한 생애인 듯 이 꽃들 속에 숨어

나도 잠시 피어나고 싶군요.

수줍게 꽃잎을 열듯 다시 웃어보고도 싶군요.

자, 받으세요, 꽃바구니를.

이월의 프리지아와 삼월의 수선화와 사월의 라일락과

오월의 장미와 유월의 백합과 칠월의 칼라와 팔월의 해
바라기가

한 오아시스에 모여 있는 꽃바구니.

다시, 십 년 후의 나에게

십 년 후의 나에게, 라고 시작하는
편지는 그보다 조금 일찍 내게 닿았다

책갈피 같은 나날 속에서 떠올라
오늘이라는 해변에 다다른 유리병 편지
오래도록 잊고 있었지만
줄곧 이곳을 향해 온 편지

다행히도 유리병은 깨어지지 않았고
그 속엔 스물다섯의 내가 밀봉되어 있었다
스물다섯 살의 여자가
서른다섯 살의 여자에게 건네는 말
그때의 나는 첫아이를 가진 두려움을 이렇게 쓰고 있다
나는 한 마리 짐승이 된 것 같아요, 라고
또 하나의 목숨을 제 몸에 기를 때만이
비로소 짐승이 될 수 있는 여자들의 행복과 불행,
그러나 아이가 태어나 자란 만큼 내 속의 여자들도 자라나
나는 오늘 또 한 통의 긴 편지를 쓴다

다시, 십 년 후의 나에게
내 몸에 깃들여 사는 소녀와 처녀와 아줌마와 노파에게
누구에게도 길들여지지 않는 그 늑대여인들에게
두려움이라는 말 대신 사랑이라는 이름으로

책갈피 같은 나날 속으로,
다시 심연 속으로 던져지는 유리병 편지
누구에게 가 닿을지 알 수 없지만
줄곧 어딘가를 향해 있는 이 길고 긴 편지

'젊은 날의 시'를 다시 읽는 저녁

안희연

우리는 언제 시를 읽을까. 정해진 법칙이 있는 것은 아니겠지만 마음이 벅차오를 때보다는 가난할 때, 맑은 날보다는 흐리고 탁한 날 시를 찾게 되는 것도 같다. 질문을 이렇게 바꿔볼 수도 있겠다. 당신은 언제 나희덕의 시를 읽습니까. 이 또한 정답이 있을 리 없는 물음이겠지만 나의 경우 이렇게 말해볼 수 있겠다. 내가 실패했다는 생각이 들 때마다 그의 시집을 곁에 두어왔습니다.

그의 시집을 읽는 일은 언제나 그랬다. 내가 처음 만난 나희덕의 시는 「너무 늦게 그에게 놀러간다」였다. "목련 그늘이 좋"으니 "우리 집에 놀러"오라던 그의 청을 나는 너무 오래 미뤄왔다. "조등弔燈"이 달리고서야 그를 만나러 가고 말았으니. 이 시를 읽으며 마음이 견딜 수 없이 허물어졌던 기억이 난다. 내가 놓친 것, 두고 온 것, 이불을 덮어주지 못했던 모든 시간들이 한꺼번에 내 안으로 밀물진 까닭이다. 그의 시는 언제나 그렇게 밀려들어왔다. 그의 시는 박자가 딱딱 들어맞고, 모든 것이 순조롭게 이루어지는 풍경과는 멀리 있었다. 어긋나고, 잡아먹히고, 구부러지고, 늙고, 터지고, 기어오르고, 잠 못 이루는 고통과 혼돈의 날들 속에서도 또박또박 사랑을 말했다. 죽음의 악력에 끌려가지 않고 기어코 삶 쪽으로 무게중심을 이동해내는 시였다. 어떻게 그럴 수 있나 그게 정말 가능한 일인가 반문하면서도 동아줄처럼 그의 시를 붙들던 날들이 있다. 삶이 가혹해질수록 더 세게 그의 시를 붙들었던 날들이.

우리 앞에 막 도착한 시집 『그러나 꽃보다도 적게 산 나여』를 보면서도 같은 생각을 해본다. 이 책은 우리가 이미 지나온 시간을 거슬러 오르는 시집이다. 1989년 데뷔 이후 꾸준한 작품 활동을 이어온 시인이 첫 시집 『뿌리에게』부터 『그 말이 잎을 물들였다』, 『그곳이 멀지 않다』, 『어두워진다는 것』, 『사라진 손바닥』, 『야생사과』에 이르기까지, 초기 시집 여섯 권에서 직접 고른 시편들을 한데 묶었다. 그런데 이 선집에는 통상적으로 쓰이는 '초기 시'라는 명명 대신 '젊은 날의 시'라는 부제가 붙었다. 이 명명은 우선 시인의 시 세계를 도식적으로 분절하지 않으려는 의지로 읽힌다. 여기서의 젊은 날이란 시인의 생물학적 나이에만 국한되는 표현은 아닐 것이다. 한 시절, 우리는 모두 어리고 늦된 모습으로 존재했었다. 어쩌면 지금도 그때로부터 멀리 오지 못했는지도 모른다. 그래서 시인은 젊은 날의 시를 다시 소환해야 했던 게 아닐까? 지나온 시간을 다시 펼쳐든 시인의 마음은 어떠했을까? 우리는 이 시집을 통해 무엇을 만날 수 있을까?

두고 온 연두를 찾아서

눈에 즙처럼 괴는 연두.
그래. 저 빛에 나도 두고 온 게 있지.
기차는 여름 들판 사이로 오후를 달린다.
— 「연두에 울다」 부분

우리는 시인과 함께 "기차"를 타고 "여름 들판"을 달려 과거로 간다. 한때는 삶 전반을 지배할 만큼 존재감이 커다랬으나 언제부턴가 불씨가 꺼지고 잊혀 상실했다고 믿었던 장면들이 그의 시를 읽는 동안 생생하게 되살아난다. 아직 서른이 되지 않은 나(「나 서른이 되면」), 스무 살의 나(「뜨거운 돌」), 일곱 살의 나(「일곱 살 때의 독서」)를 포함해 나이를 한정할 수 없는 수많은 나들이 기억 속에서 차례로 현재로 불려나온다.

시인은 이 모든 나들을 "어린것"이라 부른다. 어리다는 말에는 어리석고 미숙하다는 뜻이 포함되어 있으므로 과거의 나는 사랑하기 어려운 모양일 때가 많다. 과거의 산길에서 내가 마주쳤던 "어린것"들도 나를 복잡한 심경에 빠뜨렸었다. "나를 어미라 부"르며 "도망갈 생각조차 하지 않는" 눈을 보았을 때, 앞으로 더 나아가지 않고 방향을 돌려 "내려"와야 했던 것은 그 때문이리라(「어린것」).

하지만 여름 들판 사이로 오후를 달려 다시 찾아간 산길에선 조금 다른 마음가짐으로 '어린것'들을 바라볼 수 있게 되지 않을까. 두 번째 삶, 두 번째 기회가 주어진 것이니까. 우리가 과거를 재독해야 할 이유가 있다면, 해결되지 않았던 바로 그 지점으로 되돌아가기 위해서가 아닐까 싶다. 그때보다는 나은 선택을 하기 위해서.

나희덕의 시가 그리 길지 않은 길이에도 불구하고 느리게 읽히는 것은 문장과 문장 사이에 거대한 시간의 협곡이 있고 그 협곡 아래 격랑이 휘몰아치기 때문일 것이다. 여러 겹의 마음을 읽는 데에는 오랜 시간이 걸리는 법이니까. 그럼에도 마음의 겹과 결을 꼼꼼하게 읽어 내려 애쓰다 보면 새롭게 열리는 의미가 있다. 이미 지나간 시간을 읽기의 형식으로 다시 겪을 때 새롭게 발견되는 것들이.

미숙했던 생을 옮겨 쓰는 필경사 되어

우리는 지나간 시간을 다시 읽고 쓰는 행위를 통해 생을 도약시킬 수 있다. 시인은 「누에의 방」에서 스스로를 "필경사"의 자리에 위치시키고, 그때는 몰랐지만 이제는 깨달았기 때문에 쓸 수 있는 편지가 있음을 보여준다.

> 오늘 밤,
> 내 마음의 형광등 모두 꺼지고 식구들도 잠들고
> 백열등 하나 오롯하게 빛나는 밤
> 아버지가 뽑아내던 실끝이 어느새 내 입에 물려 있어
> 내 속의 아버지가 나 대신 글을 쓰는 밤
> 나는 아버지라는 생을 옮겨 쓰는 필경사가 되어
> 뜨거운 고치 속에 돌아와 앉는다
> 그때의 바람이 이 견디기 어려운 여름 속으로
> 백열등이 너무 어둡게도 너무 밝게도 생각되는 내 눈 속으로
> 더 깊이 더 깊이 들어오기만을 기다리면서
> 그림자 어른거리는 천정을 우두커니 바라보는 것이다
> 아무에게도 건네지 못할 긴 편지를 나 역시도 쓰게 되는 것
> 이다
> ―「누에의 방」 부분

이 시는 유년의 장소를 배경으로 삼고 있다. 시인은 '누에의 방'으로 되돌아가 젊은 날의 자신을 복기한다. 아버지를 사물처럼 바라보던 나, 누추하고 좁은 방으로부터 벗어나고 싶어 했던 어린 나들이 그곳에는 고스란히 남아 있다. 그때는 알지 못했다. 알고도 모른 척했었는지도 모른다. "그 후로도 오랜 뒤", 그 방으로부터 심리적으로 물리적으로 충분히 멀어진 뒤에야 나는 그 방의 의미를 알아차릴 수 있었다. "아무에게도 건네지 못할 긴 편지"는 그 순간 쓰인다. 내 안의 '어린것'들을 이해하고, 인정하고, 보듬은 뒤에야. "아버지라는 생을 옮겨 쓰는 필경사가" 되는 일은 시차와 격차가 확보된 뒤에야 가능했던 일이다.

왜 그때는 몰랐는지 따져 묻는 일은 무용할 것이다. 나희덕의 시에서 삶의 진실은 거저 얻어지는 것이 아니기 때문이다. 나희덕의 문장은 한 방향일 때가 거의 없다. 그것이 무엇이든 번번이 반대되는 힘에 부딪힌다. 자석의 N 극과 S 극처럼, 서로 배척하는 것처럼 보이는 둘의 충돌에서 솟아오르는 문장들이 그의 시를 이룬다. 저곳이 있기 때문에 이곳이, 그때가 있기에 지금이 존재할 수 있음을 그의 시는 안다. "위태로움 속에 아름다움이 스며 있다는 것"을(「땅끝」), "사라짐으로 하여 / 남겨진 말들은 아름다울 수 있었다"는 사실을 그의 시는 이해한다(「그 말이 잎을 물들였다」). 그러므로 우리는 더디게 배울 수밖에 없다. 다시 배울 수밖에 없다.

다시 저녁을 배우며

그렇다면 우리가 지나간 시간을 다시 쓰며, 우리 안의 어린 것들을 보듬어 안으며 새롭게 배우게 되는 것은 무엇일까. 크나큰 삶의 진실이 한 단어로 축약될 리 만무하지만 그것을 잠정적으로나마 "저녁"이라고 말해볼 수 있을까. 나희덕의 시에서 '저녁'이라는 시어는 여러 차례 반복되며 중요하게 다뤄진다. 그에게 저녁은 "모든 그림자가 유난히 길고 선명"해지는 시간(「야생 사과」)이자 "비로소 아프기 시작하고 / 가만, 가만, 가만히 / 금이 간 갈비뼈를 혼자 쓰다듬는" 시간이다(「어두워진다는 것」). 어디가 아픈지도 모르고 다만 아프다고만 여겨왔던 내 영혼의 상처를 정확히 들여다본 뒤 우리가 다다라야 할 곳. 그런 저녁은 어떤 저녁일까.

아침부터 나는 아이에게 저녁을 가르친다
기다림을, 참으라는 것을 가르친다
(중략)
해종일 잘 견디어야 저녁이 온다고,
사랑하는 것들은 어두워져서야
이부자리에 팔과 다리를 섞을 수 있다고
ㅡ「저녁을 위하여」 부분

이 시는 아이에게 삶의 진실을 가르치려는 엄마의 시점으로 쓰였다. 엄마는 아이에게 견딤과 기다림 끝에 오는 저녁이 있다는 것을 말해주려 한다. 아이는 칭얼거린다. 저녁이 올 때까지 엄마와 잠시 떨어져 있어야 하는 고통을 아이가 순순히 받아들일 리 없다. 시를 읽는 이는 처음에는 엄마의 자리에 놓였다가 그다음엔 아이의 자리에 놓일 것이다. 엄마의 자리에서는 '어린것'을 바라보는 시선을 느낄 것이고, 아이의 자리에서는 그런 엄마의 눈에 깃든 자신을 보게 될 것이다. 그런 뒤, 다시 멀리서 이 둘을 바라보는 제3의 자리로 이동해갈 수도 있을 것이다. 엄마도 아이도 어느 하나 소외될 것 없이 모두 안쓰러운 존재들이라는 것을 아는 자리. 그곳에 이르러서야 우리는 험준한 시간의 강물을 건너 비로소 어떤 저녁에 다다랐음을 깨닫게 되지 않을까.

읽는 동안 마음이 저릿해 자주 멈춰서야 했던 시집이었다. 나는 이 시집을 우리의 "어린것"을 향해 보내는 길고 긴 편지라고 말하고 싶다. 나를 거울처럼 되비춰주는 시를 만나고 싶을 때, 나의 어리고 늦된 마음을 어쩌지 못할 때 아마도 나는 이 시집을 수없이 펼치게 될 것 같다. 열 길 물속보다 어려운 한 길 사람 속을 헤매는 동안 우리의 저녁은 더디 오겠지만, 그래도 우리의 젊은 날을 향해 열차를 출발시키는 시인이 있어 우리의 삶은 나아질 수 있다. 과거의 나를 만나고 돌아오면, 이미 겪은 시간을 다시 겪으면, 비로소 젊은 날의 나를 떠나보낼 수 있으리라.

이제 겨우 마지막 페이지에 도착했는데 시인은 또 저만치 앞서 가고 있다. 미래의 나 보라고, 다시 십 년 후의 나에게 편지를 쓴다.

> 다행히도 유리병은 깨어지지 않았고
> 그 속엔 스물다섯의 내가 밀봉되어 있었다
> 스물다섯 살의 여자가
> 서른다섯 살의 여자에게 건네는 말
> 그때의 나는 첫아이를 가진 두려움을 이렇게 쓰고 있다
> 나는 한 마리 짐승이 된 것 같아요, 라고
> 또 하나의 목숨을 제 몸에 기를 때만이
> 비로소 짐승이 될 수 있는 여자들의 행복과 불행,
> 그러나 아이가 태어나 자란 만큼 내 속의 여자들도 자라나
> 나는 오늘 또 한통의 긴 편지를 쓴다
> 다시, 십 년 후의 나에게
> (중략)
> 누구에게 가 닿을지 알 수 없지만
> 줄곧 어딘가를 향해 있는 이 길고 긴 편지
> ―「다시, 십 년 후의 나에게」 부분

이렇게 또 십 년 후의 나를 위해 저녁을 열어 보이는 시인이 있으니 우리는 그저 따라 걷기만 하면 될 일. 시인이 그러하듯이 "사라진 손으로 사라진 몸을 더듬어본다"(「포도밭처럼」). 그곳엔 아무것도 없지만 분명히 만져지는 것이 있다. 느껴지는 것이 있다.

시집별 수록시 목록

『어두워진다는 것』, 창비

저 숲에 누가 있다
그 복숭아나무 곁으로
어두워진다는 것
일곱 살 때의 독서
허공 한 줌
기러기떼
이 복도에서는
너무 늦게 그에게 놀러간다
다시, 십 년 후의 나에게

『사라진 손바닥』, 문학과지성사

마른 물고기처럼
연두에 울다
저 물결 하나
방을 얻다
엘리베이터
상수리나무 아래
풍장의 습관
어떤 출토出土
사라진 손바닥

『야생사과』, 창비

돼지머리들처럼
섶섬이 보이는 방—이중섭의 방에 와서
야생사과
꽃바구니

그러나 꽃보다도 적게 산 나여

2024년 7월 15일 1판 1쇄 발행
2024년 9월 21일 1판 3쇄 발행

지은이_ 나희덕

발행인_황은희 · 장건태
책임편집_황은희
편집_최민화 · 마선영 · 박세연
마케팅_황혜란 · 안혜인
디자인_행복한물고기Happyfish
제작_제이오

펴낸곳_수오서재
주소_경기도 파주시 돌곶이길 170-2(10883)
등록_2018년 10월 4일(제406-2018-000114호)
전화 031-955-9790 팩스 031-946-9796
이메일 info@suobooks.com
www.suobooks.com
ISBN 979-11-93238-31-8 03810
책값은 뒤표지에 있습니다